出雲石

文 謝武彰　圖 葉祐嘉

清朝的順天府（今北京市）裡，有一個名叫邢雲飛的人。

說也奇怪，邢雲飛什麼都不愛，偏偏就只愛石頭。每當他看到奇特的石頭，不管有多貴，他都會立刻掏出錢來，把它買回家。

天福茶樓

如果沒有買到手，邢雲飛就覺得渾身不對勁，飯也吃不下、覺也睡不好。

雖然，家裡什麼稀奇古怪的奇石都有了；但是，邢雲飛還是不滿足，一聽說哪裡有奇石，說什麼也要把它買到手。

邢雲飛走路的時候，常常盯著地上，看看能不能找到特別的石頭。

邢雲飛到河邊散步，也總是東看西看，看看能不能找到奇特的石頭。

邢雲飛真的太愛石頭了，他只要靜靜的欣賞石頭，就覺得自己是個大富翁。

雖然，家裡的奇石已經夠多了；但是，邢雲飛還是不停的看石頭、找石頭、買石頭。

有一天，邢雲飛來到河邊捕魚。他撒下了魚網，再慢慢收網，覺得魚網非常沉重。邢雲飛邊拉邊想：難道是大魚進網了？可是，又感覺不出魚網裡有大魚掙扎。

魚網裡，到底是什麼呢？

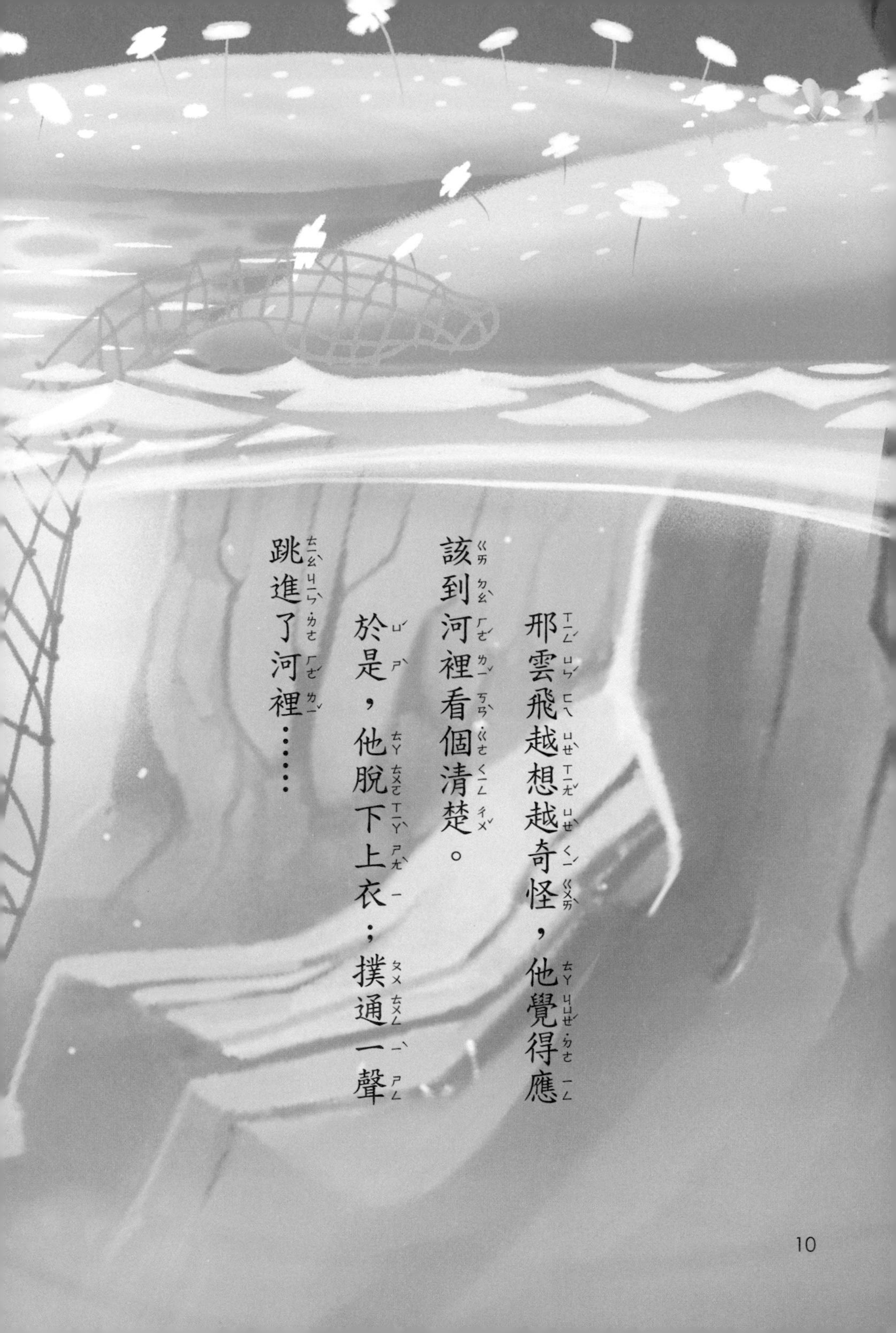

邢雲飛越想越奇怪，他覺得應該到河裡看個清楚。

於是，他脫下上衣；撲通一聲跳進了河裡……

邢雲飛順著魚網潛進河裡。河水並不深，很快的，他就游到了河底。

隔著魚網，邢雲飛摸到了一顆大石頭，直徑足足超過了一尺。

一向愛石頭的邢雲飛，在水裡瞪大了眼睛……

即使看不太清楚，他還是感覺得出來，這很可能是一顆奇石！

邢雲飛很快的浮出水面，爬上了河岸。然後，很快的收網。

拉呀——

拉呀——

終於把石頭拉上岸了，他趕快解開魚網一看——

啊！多美麗、多奇特的石頭啊！

邢雲飛邊看邊說：

「果然就像我想的，是一顆美麗的奇石，今天真的是太幸運了！」

這一顆石頭，層層又疊疊，好像一座山峰。石頭上面還有蜿蜒的小路，就像是名山的縮小版。

和它比起來，邢雲飛覺得以前的收藏，一點都不稀奇了。

他高高興興的把石頭搬回家，再仔細的把石頭洗乾淨。

看！石頭真是漂亮呀！

邢雲飛心想，這麼特別的石頭，哪能隨便亂擺呢？於是，他請了一位有名的師傅、找了一塊上好的紫檀木，雕刻一個精美的底座。

紫檀木底座雕好以後，邢雲飛把石頭小心的放上去，然後擺在大廳裡。

邢雲飛常常看這一顆石頭，他越看越喜歡、越看越高興。有了這一顆石頭，他非常的滿足。

後來，他發現只要到了快下雨的時候，石頭上的小孔就會冒出白色的雲霧。

雲霧，輕輕的飄移著……

雲霧，靜靜的
繚繞著……
哎呀！這真是
太神奇了！
邢雲飛越看越
高興，真開心自己
撿到寶了！

這一顆石頭，多像一座小仙山啊！

邢雲飛看著石頭冒出的雲霧，暗暗想著：

「這麼奇特的石頭，總不能老是『石頭』、『石頭』的叫吧？應該取一個相配的名字才對！」

那……該叫什麼好呢？

邢雲飛想了又想、想了又想：

「有了！有了！這一顆石頭會冒出雲霧，那就叫它『出雲石』吧！」

出雲石！出雲石！多好的名字呀！

從此以後，邢雲飛就更加寶貝它了。

只是——邢雲飛擁有出雲石的事，竟然悄悄的傳開來了……

每當快下雨的時候，就有人趕到邢家來，想看看傳說中會冒出雲霧的石頭。

看過的人都說，這一顆石頭真的太神奇了！

不久以後，當地的惡霸知道了這一件事，竟然起了壞心眼……

有一天，惡霸帶著僕人，大搖大擺的來到邢雲飛家，要求看一看出雲石。

邢雲飛只好說：

「石頭就在那邊的桌子上。其實，它並沒有什麼特別呀！」

惡霸根本就不理邢雲飛的話，他使了一個眼色，立刻抱起出雲石，然後很快的遞給僕人。

僕人接過石頭，拔腿衝出門外、跳上馬背，騎著馬匆匆逃走了！

接著，惡霸也
跟著一溜煙跑了。

事情發生得太突然，邢雲飛也愣住了！等他回過神來，立刻追了出去。

他邊追邊喊著：「別走！快把石頭還給我！」

惡霸的僕人抱著出雲石，騎馬跑到了河邊。當馬匹踏上木橋的時候，他想已經離邢家那麼遠，應該可以停下來喘口氣了。

想不到——這時候，木橋的另一頭，有一個人很快的衝了過來。馬匹受到驚嚇揚起了前腳、嘶鳴著。僕人為了抓緊韁繩，也顧不了出雲石。撲通一聲，出雲石掉進了河裡，激起了很大的水花。

僕人嚇得呆呆的站在橋上，不知道該怎麼辦才好？隨後趕來的惡霸見了，快氣炸了！他揮起鞭子，不停的毆打僕人。

但是，沒了出雲石，惡霸就此死心了嗎？

惡霸哪裡肯放過出雲石呢！

他立刻掏出錢來，雇了擅長游泳的人，要他們潛到河底去尋找出雲石。

找到石頭
可領重賞

惡霸還貼了一張布告，上面寫著：

找到石頭
可領重賞

聽到有錢可賺，有的人連衣服都沒脫，就急著跳下水找石頭。

河裡，就像夜市那麼熱鬧。

然而，就是沒有人能找到出雲石。

賞金夢，很快就醒了，沒有人再往河裡跳。

河面，漸漸平靜了……

河水，漸漸清澈了……

這時候，只有邢雲飛一個人還待在河邊。他喃喃的說著：

「出雲石啊！你在哪裡呢？」

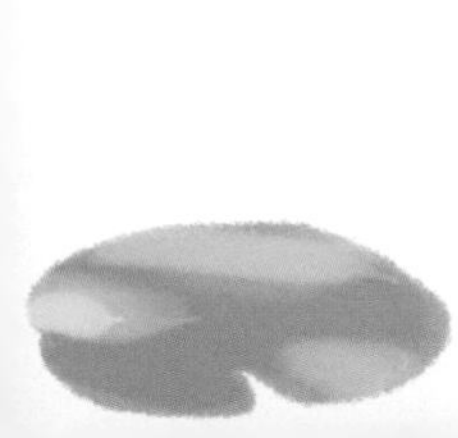

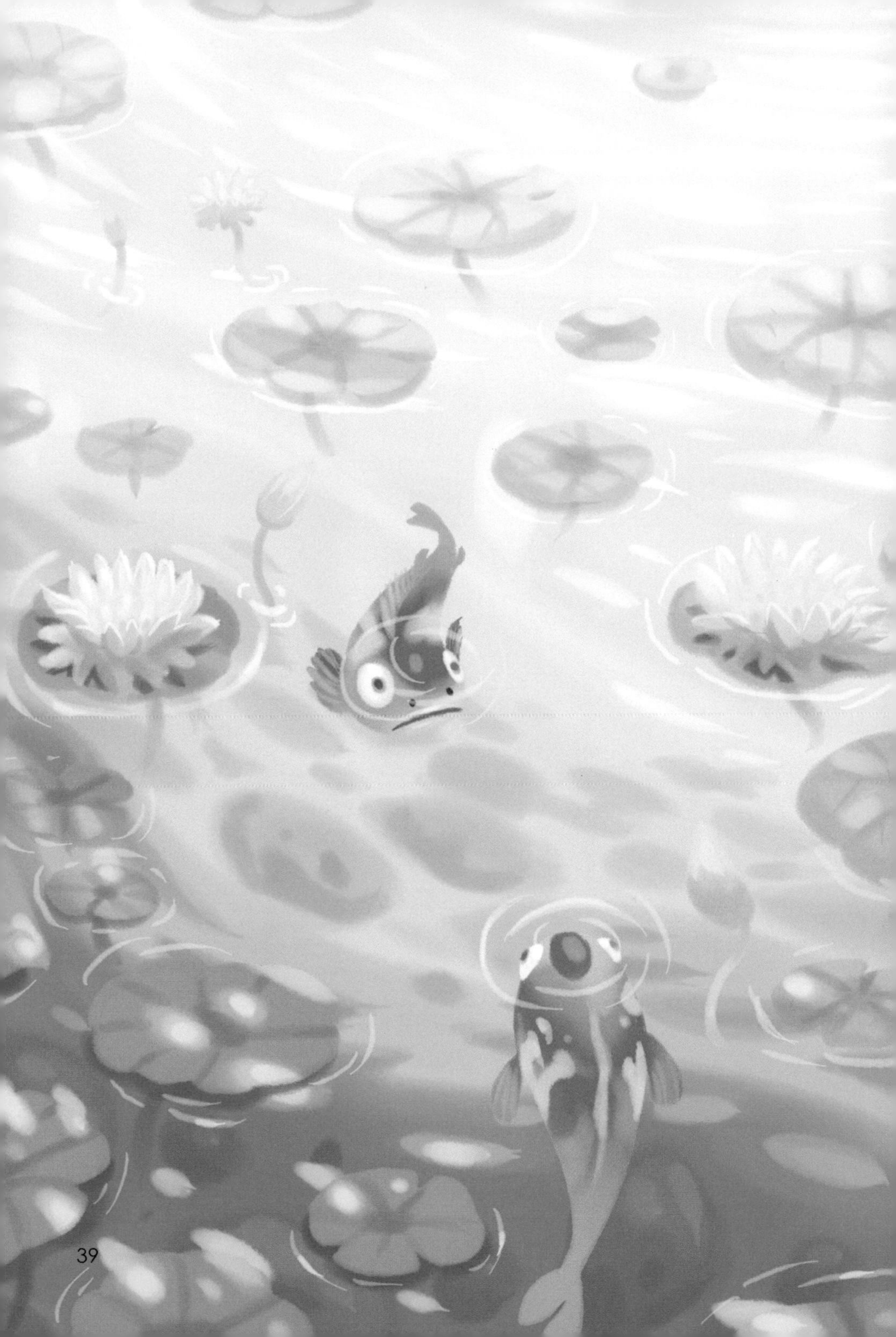

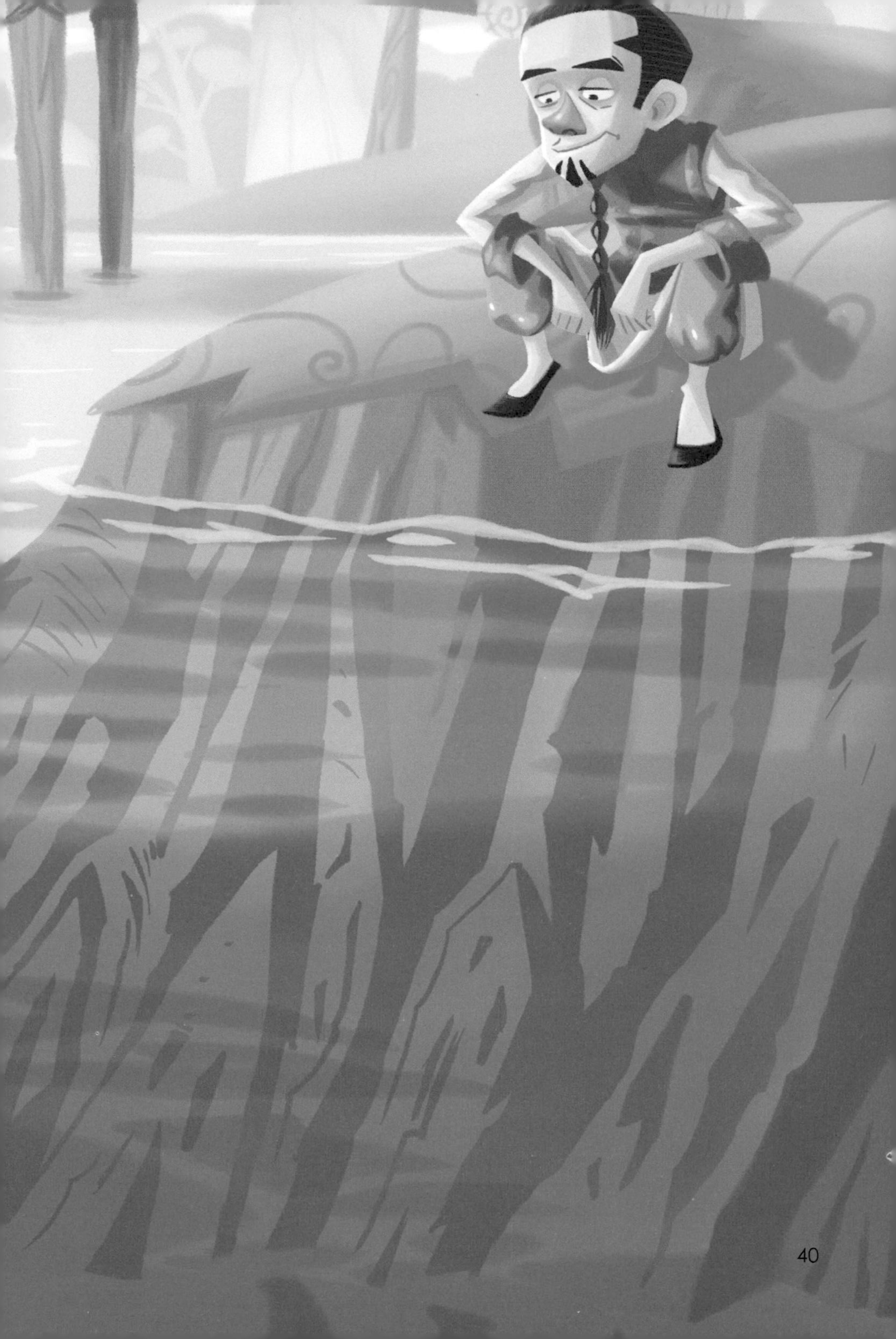

河面，越來越平靜了……

河水，越來越清澈了……

邢雲飛往河裡仔細一看——

咦？那不是出雲石嗎？

他立刻脫掉上衣，撲通一聲，跳進河裡……

過了一會兒，邢雲飛終於抱著出雲石，慢慢的浮出水面。

這一顆被惡霸搶走的出雲石，竟然還能找回來，真是老天保佑啊！

邢雲飛穿好了衣服，扯下惡霸的布告、扔進河裡，讓它隨著河水漂走了。

他下定決心，
今後一定要好好的
保護出雲石。

邢雲飛把出雲石藏在隱密的書房裡，這樣，就不怕有人再來打它的歪主意了。

這一天，一個老翁來到邢雲飛家。他一進門立刻指名要看出雲石。

邢雲飛對老翁說：

「你說的石頭，很久以前就不見了。」

老翁根本就不相信，微笑著說：

「怎麼會不見呢？出雲石不就擺在大廳上嗎？」

邢雲飛聽了，暗暗想著：

「我明明就把出雲石藏在書房裡，他卻說擺在大廳上。好，我就請他到大廳看看，只要看不到出雲石，他就會死心了。」

於是，邢雲飛帶著老翁來到了大廳……

咦？怪了！怪了！

本來藏在書房的出雲石，怎麼會自己跑到大廳的桌子上呢？

邢雲飛看了，驚訝得說不出話來。

老翁來到桌子旁邊，撫摸著石頭，說：

「這一顆石頭是我的，不見好一些日子了。現在，請先生把它還給我好嗎？」

邢雲飛聽了，簡直不敢相信。好不容易才躲過了惡霸，怎麼又來了一個麻煩啊？

他當然一千個、一萬個不願意！

於是，邢雲飛臉色一變，對著老翁大聲說：

「你胡說！我才是石頭的主人！」

老翁笑著問：「你說石頭是你的，有什麼證據嗎？」

邢雲飛聽了，一句話也答不出來。

「讓我來告訴你吧！這一顆石頭上，一共有九十二個小孔。最大的一個孔裡，有『清虛天石供』五個字。你自己看看，就會相信我的話了。」

邢雲飛聽了半信半疑，他靠近出雲石，瞪大眼睛，找到了那個最大的孔……

果然，他看到了米粒般大小的五個字。

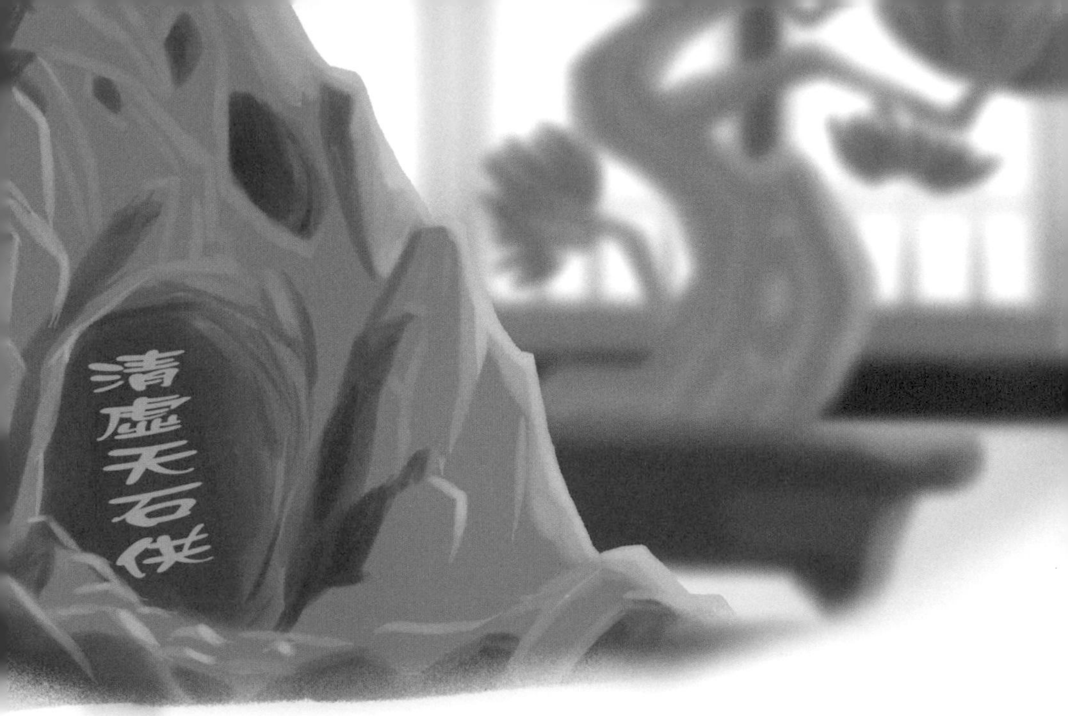

想不到，老翁說的第一個證據，竟然是真的！

他又繞著出雲石，仔細的數著石頭上的小孔——

一、二、三、四、

五……十……十五……

二十……三十……

四十……五十……六十……

七十……七五……八十……八五……

九十、九一、九二！

啊！出雲石上面，果然有九十二個小孔。

想不到，老翁說的第二個證據，也是真的！

看來，老翁真的是出雲石的主人。雖然，邢雲飛無話可說；但他還是不想把石頭還給老翁。

老翁也不想和邢雲飛爭吵，只是笑著說：

「東西是誰的，哪裡是你說了算呢！」

老翁說完話，對著邢雲飛拱拱手、行了禮，轉身離開邢家。

看著老翁漸漸走遠了，邢雲飛還是想不通——

這奇怪的老翁到底是誰呀？這奇怪的老翁，是從哪裡來的呢？

這奇怪的老翁，怎麼會知道出雲石上的特徵呢？

這出雲石，還藏著什麼祕密呢？

這時候，邢雲飛回頭一看——

啊！出雲石竟然不見了！出雲石那麼重，它沒有腳、也沒有翅膀，怎麼一下子就消失了呢？

邢雲飛立刻衝出家門，很快的追上了老翁。他緊緊拉住老翁的衣袖，請求老翁把出雲石還給他。

老翁聽了，淡淡的對邢雲飛說：

「怪了！怪了！那麼大的一顆石頭，你說我能藏在哪裡呢？握在手掌中？藏在衣袖裡？不相信的話，你可以搜身啊！」

邢雲飛當然知道，老翁的話很有道理。

只是，出雲石真的不見了！

看著老翁的模樣，邢雲飛心想，這老翁絕對不是普通人，他會不會是神仙呢？

於是，邢雲飛就拉著老翁，把他請回家。邢雲飛跪在老翁面前，說：

「我知道錯了！請您原諒我好嗎？」

老翁聽了，就問邢雲飛說：

「好，那我先問你。出雲石是你的？還是我的呀？」

邢雲飛趕快回答說：

「出雲石是先生的！但是，求求您把它讓給我

好嗎？」

老翁聽了，點點頭、微微的笑了。然後，他對邢雲飛說：

「你知道自己錯了，這是好事！既然這樣，那出雲石還是在的。」

邢雲飛聽了老翁的話，回到書房一看——出雲石果然好好的擺在原來的地方。邢雲飛看了，真是高興啊！

這時候，老翁告訴他說：

「天下的寶物，應該交給真正愛惜的人。但是，如果太早得到了，反而會帶來災禍。所以，我本來想先把出雲石帶回去，三年以後再把它送給你。如果，你想現在把它留

在身邊，那就得減三年的壽命，這樣你願意嗎？」

邢雲飛把石頭看成和命一樣重要，他立刻回答說：

「我願意！我願意！」

老翁聽了，就伸出手來，捏著出雲石上的小孔……說也奇怪，出雲石就像軟軟的泥土，老翁輕輕一捏，石頭上的小孔就緊緊的封閉起來了。

一個……兩個……三個……

老翁封閉了三個小孔以後，對邢雲飛說：「出雲石上有幾個小孔，就代表你能活幾歲。」

邢雲飛聽了，驚訝得說不出話來。

雖然，邢雲飛苦苦請老翁留下來；但是，老翁並沒有答應。

邢雲飛又請問老翁的大名，老翁也不回答。他沒說一句話，就離開了……

一年多的日子，很快的就過了。

有一天，邢雲飛有事到外地去，當天趕不回來。想不到……

這一天夜裡，小偷就摸黑上門來，把邢雲飛珍藏的出雲石偷走了。

第二天，邢雲飛回到家裡，發現出雲石被偷走了。他非常的傷心、非常的痛苦，簡直就快活不下去了。

於是，邢雲飛就暗中追查出雲石的下落。只是，一點消息也沒有。

時間過得非常快，一轉眼，又匆匆過了好幾年。

這一天，邢雲飛偶然來到報國寺，寺廟附近有一些小攤子，吸引著看熱鬧的遊人。

邢雲飛邊走邊看，忽然——

他在一個賣奇石的小攤子上，發現了出雲石！

啊！想不到這日也想、夜也想的出雲石，竟然會出現在這裡！

邢雲飛又緊張又興奮，一顆心怦怦的跳著。他深呼吸、深呼吸……好讓自己趕快平靜下來。

過了好一會兒，邢雲飛才慢慢走到攤子前面，指著出雲石問：

「這一顆石頭是哪來的？是不是從我家偷走的？」

賣石頭的人，哪裡肯聽他的？於是，兩個人就吵了起來。

兩個人越吵越兇，最後鬧上了衙門，請縣太爺來評評理。

縣太爺問賣奇石的人，說：

「你說這一顆石頭是你的，有什麼證據嗎？」

賣奇石的人趕緊回答：

「這一顆石頭上有八十九個小孔。」

縣太爺聽了，就命令衙役仔細數一數。果然，是真的。

縣太爺接著問邢雲飛，說：

「你說這一顆石頭是你的，有什麼證據嗎？」

邢雲飛聽了回答說：

「石頭上最大的孔裡面有五個字，還有三個手指印。」

縣太爺聽了，命令衙役仔細查看。果然，石頭上最大的孔裡有五個字。接著，還找到了三個手指印。

這時候，縣太爺已經知道，誰是石頭真正的主人了。

縣太爺本來想罰賣奇石的人，

但他趕快大聲喊冤說：

「老爺，冤枉啊！這一顆石頭，我也是花了二十兩金子買來的呀！」

後來，縣太爺答應不再追究，就把出雲石判給了邢雲飛。

於是，邢雲飛就高高興興的把出雲石帶回家。他用錦緞把它包起來，小心的藏在櫃子裡，從此再也不讓別人看了。

只有在快下雨的時候，邢雲飛才會先焚了上好的香，等屋子裡飄滿了香氣以後，再把出雲石拿出來，一個人靜靜的欣賞。

出雲石上的小孔，果然慢慢的冒出了雲霧……

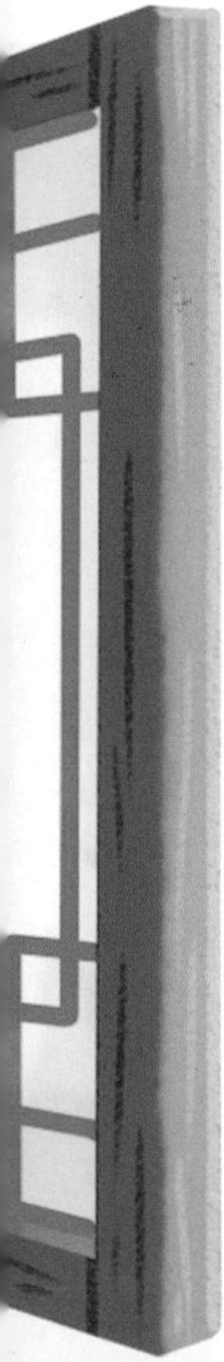

雲霧，輕輕的
飄移著……
雲霧，靜靜的
繚繞著……

後來，這奇特的出雲石，還是被一位喜歡石頭的尚書知道了。

尚書託人告訴邢雲飛，想用一百兩黃金買下出雲石。

邢雲飛哪肯呢？

他立刻回絕說：

「尚書大人就是出一萬兩黃金，我還是不會答應的。」

尚書聽了，非常生氣的說：「這個邢雲飛，真是敬酒不吃、想吃罰酒了！」

於是，他就隨便安了一個罪名，先把邢雲飛關進了大牢，再把他的田產全都沒收。

邢雲飛的兒子，送食物到牢裡的時候，說：

「尚書大人說，只要肯把出雲石交出來，就可以立刻把父親放出大牢，田產也會全都還給我們。」

但是，邢雲飛不但不答應，還對兒子說：

「雖然，我們家遇到這麼不幸的事；但是，我寧願死，也不願意把出雲石交給這個可惡的尚書。」

邢雲飛的兒子只好垂著頭、嘆著氣，走出了大牢。

邢雲飛的妻子，聽到自己的丈夫，為了一顆石頭，竟然連命都不要了。她哭著說：

「夫君到底在想些什麼呀？一顆石頭哪會比命重要啊？」

邢雲飛的兒子，在母

親的要求下，瞞著邢雲飛把出雲石送到尚書府。尚書也遵守諾言，立刻把邢雲飛放出大牢，還把田產都還給了邢家。

邢雲飛出了大牢，回到家的第一件事，就是想看出雲石。他打開櫃子一看——

出雲石，怎麼不見了？出雲石，哪裡去了呀？

禁不住邢雲飛一再的追問，他的妻子和兒子，才吞吞吐吐的說了實話。

邢雲飛聽了，簡直就快氣瘋了。他不但罵妻子、打兒子，更不想活了。家人和鄰居不停的勸說，他才漸漸的平靜下來。

有一天夜裡，邢雲飛夢見了一個人。

他告訴邢雲飛說：

「我叫石清虛，也就是出雲石。我必須和你分別一年多，請你不必太擔心。明年八月二十日，天快亮的時候，請你到海岱門去，只要花兩貫錢，就能把我買回家了。」

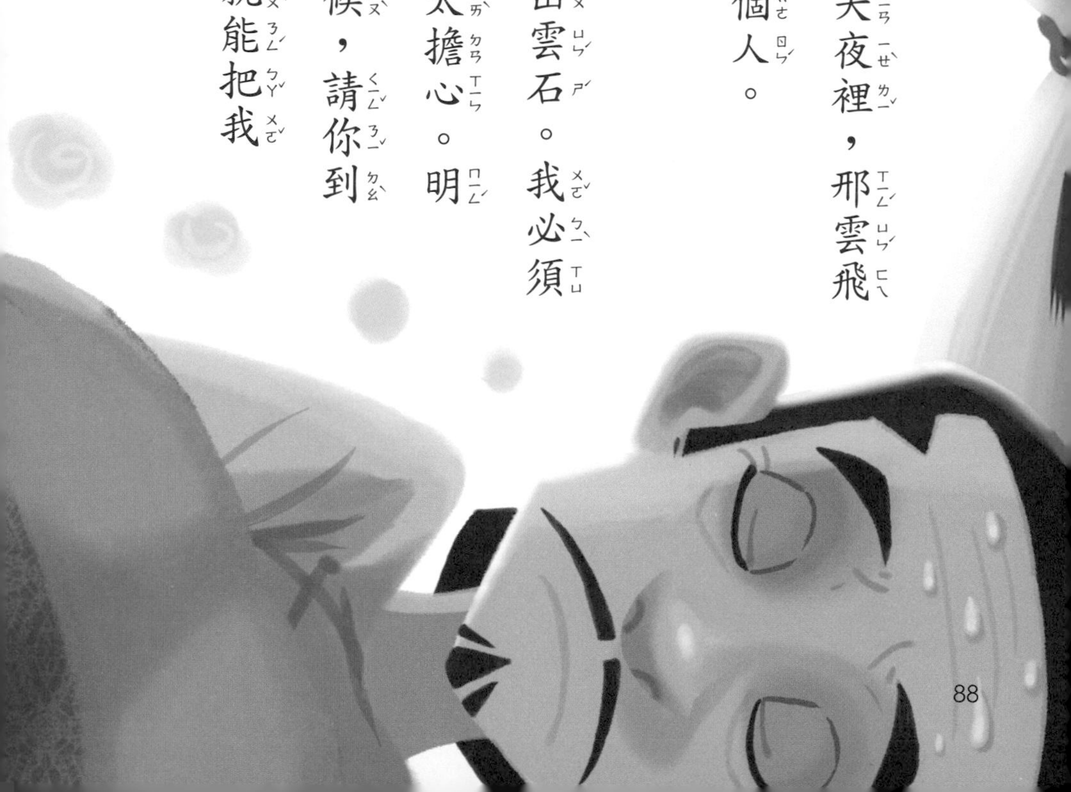

海岱門

石清虛說完話就不見了，邢雲飛也從夢裡驚醒了！

石清虛說的話，是真的嗎？

這個奇怪的夢，是真的嗎？

他趕快把石清虛在夢裡說的日子，仔細的記下來。

說也奇怪，出雲石自從落在尚書手裡以後，即使遇到了大雨天，也不會冒出雲霧。

尚書失望的說：

「這顆石頭哪有傳說中的神奇？」

於是，尚書就把出雲石扔在不起眼的角落，漸漸的連看也不看了。

第二年，尚書犯了重罪，被革職了。

不久以後，他就過世了。

時間漸漸過去，很快的就到了石清虛所說的日子了。這一天，天還沒有亮，邢雲飛就趕到了海岱門……

果然，就像石清虛在夢裡說的，有人擺攤想賣出雲石。這個賣石頭的人，原來就是尚書的家人。

邢雲飛掩住內心的激動，表面上裝得很輕鬆，他問賣石頭的人說：

「這一顆石頭怎麼賣呀？」

賣石頭的人，一見到有人來問價錢，立刻回答說：

「兩貫錢，這一顆石頭只要兩貫錢！很便宜的，先生喜歡的話，就便宜賣給您吧！」

兩貫錢！

果然，就是石清虛在夢裡說的價錢。於是，邢雲飛立刻掏出錢來，高高興興的把出雲石買回家了。

失去了那麼久的出雲石，終於又回來了。

那雲飛回到家，仔細的看著出雲石，幸好，並沒有什麼損傷。他邊擦著出雲石，邊想起它所引起的風波，真是又曲折又令人想不到啊！

以後，應該不會有人再來打它的主意了吧？

下雨的時候，它還會再冒出雲霧來嗎？

過了幾天，天氣漸漸變涼，天空下起了大雨……

啊！出雲石，漸漸冒出雲霧來了。雲霧，輕輕的飄移著……雲霧，靜靜的繚繞著……邢雲飛看了，他覺得非常安慰。

從此以後——

日子，就很平靜了。

這一年，邢雲飛八十九歲了，他並沒有忘記老翁說的話……

出雲石上小孔的數目，就是自己一生的歲數。

經過了這麼多事以後，邢雲飛也看開了，他知道自己該怎麼做了。

於是，邢雲飛就把自己的身後事，全交代了兒子，兒子邊聽邊點頭，邊聽邊掉淚。

這一年冬天，邢雲飛平靜的離開了人間。

邢雲飛的兒子，按照父親的吩咐，讓出雲石伴著他長眠。從此以後，就沒有人聽過——

會冒出雲霧的石頭了……

知識萬花筒

小朋友，看完《出雲石》的故事，你是不是也覺得邢雲飛和出雲石之間的緣分很奇妙呢？一人一石，雖然幾次分開了，但又能夠再重逢，在中國歷代的許多作品裡，還有不少跟石頭有關的故事喔！讓我們一起來看看吧！

．女媧補天

這個故事記載在《淮南子》裡，據說上古洪荒時代，水神共工和火神祝融一言不合吵起架來，還大打出手。最後，水神共工輸了，羞憤得朝不周山撞去；他這麼一撞，竟然把不周山——支撐著天地的支柱給撞斷了！天地因此傾斜，天空破了一個大洞，天河的水流到人間，變成了洪水，造成了大災難。女媧不忍人類受苦，於是從江海中找來五色石子，以烈火融成岩漿，終於把天空的破洞補好，人間才恢復了平靜。

．生公說法，頑石點頭

南北朝的時候，有一個名叫竺道生的和尚，由於他在解釋《涅盤經》的時候，強調眾生萬物皆有佛性，結果當時很多人都不能理解他的說法，就把他趕出了佛寺。他無處可去，只好流浪到蘇州虎丘地方隱居。他還是每天鑽研佛法，沒有人願意聽他講，他就爬上山坡，說給石頭聽。有一天，他對石頭說道：「萬物眾生皆能成佛，即使是不拜佛、做壞事的人，也有佛性。你們這些石頭說我的話是不是符合佛的本心呢？」結果，一顆池邊的石頭竟然點頭了，連水池裡的蓮花都綻放了。後來，大家才知道他所說的話很有道理。

從石頭裡蹦出來的猴子

在《西遊記》裡跟隨唐僧到西方取經的孫悟空，原本在天庭當官，但是他性情頑劣，還大鬧天庭，最後被如來佛祖處罰壓在五指山下，一直等到唐三藏要去西方取經的時候，才把他放出來。據說孫悟空沒有父母，而是從花果山的一塊靈石裡蹦出來的，不只能乘觔斗雲飛行，還會七十二變。

《出雲石》的身世

《出雲石》選自蒲松齡的名著《聊齋誌異》第十一卷，原篇名是〈石清虛〉。《聊齋誌異》是古典文學名著，已經流傳超過兩百年。

蒲松齡（1640－1715），字留仙，號柳泉，山東淄川（今山東省淄博市淄川區）人。蒲松齡一生沒有功名，卻因為《聊齋誌異》而名留青史。

國家圖書館出版品預行編目資料

出雲石／謝武彰 文；葉祐嘉 圖；
-- 第二版, -- 臺北市：
親子天下, 2019.06
104面；14.8x21公分. –（閱讀123系列；46）

ISBN 978-957-503-419-1

859.6　　108007067

閱讀 123 系列 046

出雲石

作者｜謝武彰
繪者｜葉祐嘉
責任編輯｜黃雅妮
特約編輯｜游嘉惠
封面設計｜蕭雅慧

天下雜誌群創辦人｜殷允芃
董事長兼執行長｜何琦瑜
兒童產品事業群
副總經理｜林彥傑
總編輯｜林欣靜
主編｜陳毓書
版權主任｜何晨瑋、黃微真

出版者｜親子天下股份有限公司
地址｜台北市 104 建國北路一段 96 號 4 樓
電話｜（02）2509-2800　傳真｜（02）2509-2462
網址｜ www.parenting.com.tw
讀者服務專線｜（02）2662-0332　週一～週五：09:00~17:30
讀者服務傳真｜（02）2662-6048　客服信箱｜ parenting@cw.com.tw
法律顧問｜台英國際商務法律事務所 · 羅明通律師
製版印刷｜中原造像股份有限公司
總經銷｜大和圖書有限公司　電話：（02）8990-2588

出版日期｜ 2013 年 6 月第一版第一次印行
2022 年 11 月第二版第三次印行
定價｜ 260 元
書號｜ BKKCD127P
ISBN ｜ 978-957-503-419-1（平裝）

訂購服務
親子天下 Shopping ｜ shopping.parenting.com.tw
海外 · 大量訂購｜ parenting@cw.com.tw
書香花園｜台北市建國北路二段 6 巷 11 號　電話（02）2506-1635
劃撥帳號｜ 50331356 親子天下股份有限公司

閱讀123

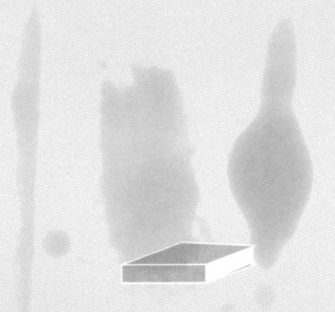

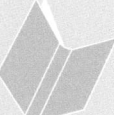